Blind Marchen

블라인드 메르헨

원작 윤현석

1985년 출생 　 한국예술종합학교 영상원 애니메이션과 재학
2007년 　 〈너에게 날리는 홈런〉
　 　 － 제 2회 SICAF 국제디지털만화공모전 대상
2010년 　 〈남김〉
　 　 － 제 8회 대한민국창작만화공모전 대상
2011년~현재 　 〈블라인드 메르헨〉 연재
작가 블로그 　 http://moolso.com

그림 연우 (우영욱)

1982년 출생
2006년 　 홍익대학교 회화과 졸업
2007년~2009년 　 〈핑크레이디〉 연재
2010년 　 〈감정사〉 연재
2009년~2011년 　 〈핑크레이디 클래식〉 연재
2011년~현재 　 〈블라인드 메르헨〉 연재
작가 블로그 　 http://blog.naver.com/goodhd

Blind Marchen
블라인드 메르헨①

초판 1쇄 2012년 02월 03 일

글 윤현석 **그림** 연우 **발행인** 강우식 **에디터** 서은정 **마케팅** 박창석.박관호 **경영지원** 이창대 **디자인** 김은정
인쇄 대일문화사 **펴낸곳** (주)코리아하우스콘텐츠 **주소** 경기도 파주시 교하읍 문발리 535－7 세종출판벤처타운 B05호
내용 및 구입문의 031－955－1057~8 **FAX** 031－955－1059
홈페이지 http://cafe.naver.com/koreahousecafe **등록** 제406－2010－000058호

© 윤현석 · 연우. (주)코리아하우스콘텐츠. 2012

ISBN 978－89－93769－71－5 17810
　　　978－89－93769－70－8 (세트)

값 15,000원

Blind Marchen

블라인드 메르헨 ①

원작 · 윤현석
그림 · 연우

코리아하우스
Koreahouse

작가의 말

　안녕하세요. 〈블라인드 메르헨〉의 원작 윤현석, 그림 연우입니다.

　블라인드 메르헨은 두 명의 만화가가 각기 다른 신작을 준비하던 중, 서로가 합심할 좋은 연재 기회를 얻어 이렇게 합작으로 만들어진 만화입니다.

　장르적인 부분에서 다소 생소한 접근이었고 실험적인 면이 있었음에도 불구하고 연재를 허락해주시고 물심양면으로 힘써주신 '네이버 웹툰'과 이렇게 예쁘게 책으로 만들어주신 '코리아하우스콘텐츠'에 먼저 큰 감사를 드립니다.

　블라인드 메르헨은 '동화 같은 만화, 만화 같은 동화를 그려내면 어떨까?'하는 생각으로부터 시작되었습니다. 동화가 갖는 순수성과 이야기 원형으로서의 매력을 만화로 표현하고 싶었고, 만화처럼 흥미진진하고 재미있는 동화를 보여드리고자 했습니다.
　부족한 작품이지만 부디 아무쪼록 즐겁게 읽어주셨으면 하는 바람입니다.

　주인공 서애린과 류이수는 언뜻 보기엔 서로 전혀 상관이 없어 보이지만 이들에겐 '동화'라는 단단한 연결고리가 있습니다.
　애린이는 현실을 보지 못하며 동화 속에서 살고 있었고, 이수는 동화조차 믿을 수 없는 현실 속에서 살고 있었습니다. 이 두 사람이 만났을 때 어떻게 될까요?
　아마도 이 만화가 끝날 때 그들은 각자의 답을 찾게 될 겁니다.

　만화를 읽으면서 우리가 알고 있는 동화 중 몇 개나 이 만화에 녹아들어 있는지 세어보며 읽어보시는 것도 좋은 재밋거리가 되지 않을까 합니다.

　마지막으로 이 만화를 그리는 동안 큰 힘이 되어주신 소중한 가족과 친구들, 동료 작가들, 그리고 모든 독자 분들께 진심으로 감사드립니다.

　늘 건강하시고 행복하세요!

2012년 1월. 윤현석, 연우

캐릭터 소개

서애린

일 년 전, 갑작스런 교통사고로 인해 앞을 보지 못한다. 현실을 보지 못하는 대신 동화 속 세상을 통해 힘을 얻는다. 교통사고로 인해 시력뿐만 아니라 무언가 잃어버린 것이 있다는 걸 깨닫고, 기억을 되찾기 위해 거리로 향한다. 그곳에서 동화를 믿지 않는 모자장수 류이수를 만나 자신이 잃어버린 것이 무엇이었는지 하나씩 깨닫게 된다.

류이수

한때는 동화를 좋아했지만, 집안의 계속된 불행과 가난으로 인해 물질적인 것을 중요시여기며 동화를 믿지 않는다. 거리에서 모자를 팔며 번 돈으로 아빠와 동생의 생계를 책임지려하지만 어째선지 시비가 붙어 늘 싸움만 일으킨다. '미친 모자장수'라는 별명을 갖고 있다. 앞을 보지 못하는 동화작가 서애린을 도와주게 되면서 동화 같은 사건들에 휘말린다.

류동희

이수의 여동생. 집안의 불행과 고난에도 불구하고 밝고 따뜻한 마음을 갖고 있으며 애린이가 쓴 동화책을 유난히 좋아한다. 다만, 어린 시절부터 심장병을 앓아 학교를 다니지 못하며 집에서 지내는 게 일상이 되었다. 이수가 가장 아끼는 사람이며 그의 버팀목이기도 하다.

애린의 엄마(?)

교통사고가 난 이후, 서애린을 못마땅하게 여기며 구박한다. 그녀가 외출하지 못하도록 극구 예민하게 반응하며 언제나 다락방에 가둬 두고자 한다. 서애린이 기억을 되찾아 가는 과정에서 진짜 정체와 목적이 드러나는데….

차례

TALE 1 앨리스와 매드해터   7

TALE 2 라푼젤이 사는 성   69

TALE 3 빨간 두건과 벽 속의 늑대들   135

TALE 4 한겨울 밤의 꿈   199

TALE 1

앨리스와 매드해터

...아...?!

어?!!!!!

아…아무 것도
보이지 않아?!

여긴 어디?!

…
거기
누구 없나요…!

거기 아무도 없어요?!!!

"아, 안심하시죠!
여긴 병원입니다."

"…벼, 병원이요…?"

"네, 그렇습니다.

무엇이라도
기억나는 걸 말씀해주시겠어요?"

…기억나는 것…?

…….

…커다란 트럭.

커다란 트럭이
제게 돌진했어요.

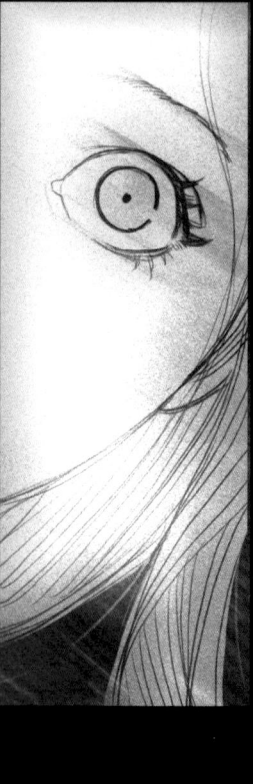

"피하려고
했지만···

피하지
못했어요."

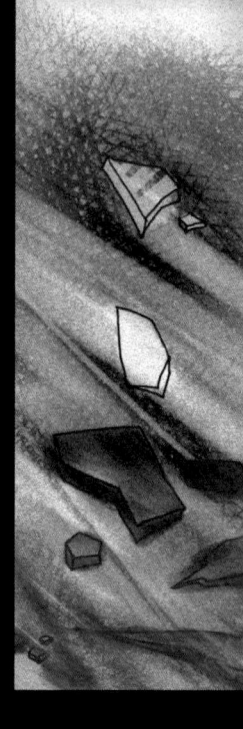

"깨진
헤드라이트는
사방으로
튀었고···

아스팔트
도로엔
고무 타는
냄새와

스키드마크가
패어
있었어요.

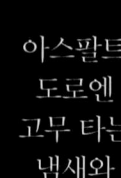

-끼아아악-

비명 지르는
사람들.

···
무서웠어요."

···그래요···
생각났어요.

저는 그날
교통사고를 당했어요.

"…또 뭔가 더 기억나는 게 있으신가요?"

"그리고…
그리고 무언가가 있었는데…

아… 머리가 아파."

"…! 아 괜찮습니다.

더 이상 무리하지 마세요.
환자분께선 보름 만에 의식을
찾으셨습니다.

조금 더 안정을
취하도록 하세요."

"네…
의사선생님.

그런데…."

"…응? 뭐야, 이건?
애린아?"

"이. 거.
라고…?!"

"아~ 혹시…?!
전화로 들었어.

바로 그 쪽이
아픈 환자
데리고
웃기지도 않은
탈출극을 벌인
분이시구나─"

"아, 내가
설명할게, 오빠.
이 분은 날
도와주셔서….".

"그보다 지금 여기서 뭐하는 거야!
집에서 너 찾는다고 연락 왔어-!
다들 네 행방을 걱정하고 있다고!"

"자, 어서 돌아가자."

"저기, 난 지금
갈 수 없어···."

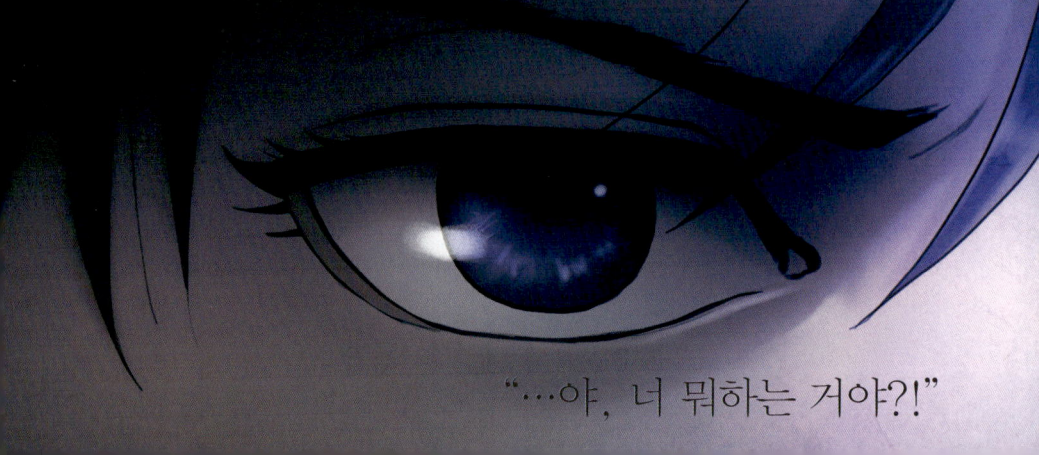

"···야, 너 뭐하는 거야?!"

"어?!"

"저기 혹시 너 애린이 맞지?
서애린?!"

"누… 누구?"

그때 누군가가
나타났습니다.

소년은 어쩐지
혼란스러웠습니다.

'이 애는 무슨 상황에
처한 거지?
결국엔 뭘 찾으려하는 걸까─

아니, 내가 왜
이런 애한테
자꾸 신경을
쓰는 거지?'

시계바늘 흐르듯
어느새 버스는
네온사인이 가득한 거리로
돌아왔습니다.

이제 막 해가 저물었지만
밤하늘은 벌써부터
별들이 수놓기
시작했습니다.

긴장이 풀린 소녀는
소년의 어깨에 기대어
곤히 잠들었습니다.

'…잠들었나.'

'교통사고라고…?
얘가 보지 못하게 된 건
교통사고 때문이었구나.

그럼 그 사고로 뭔가
기억에 문제라도 생긴 걸까?

아니면… 그냥
가출소녀의 망상?

그것도 아니라면….'

"…저기,
있잖아…."

스륵

"···일 년 전,
교통사고가 났던
장소가
그 곳이니까요···."

"···뭐?!"

끼이이익

"…저 때문에 죄송해요."

"사과는 됐어.
너 나중에 집에는 어떻게
돌아가려고?"

"…할머니 댁에 갈까 했는데…
오랫동안 연락을 못하게 해서요.
계속 같은 집에서
살고 계실지…."

"버스가
빨리 와야…!"

"괜, 괜찮아.
따돌렸어. 헥헥…
너 사람
고생시키는
재주가 있네!"

"갈수록 태산이군.
일단 그 거리로 가자, 이거지?

그런데 왜 하필
그 거리에서 단서를
찾겠단 거야?"

소년은 소녀를 품에 안고 달려 나가며,
까맣게 잊어 두었던 어떤 동화들이
문득 떠올랐습니다.

어떤 마녀의 저주에 걸린 소녀.

누군가 마법을 풀어주기만 기다리는
눈 먼 소녀.

어쩌면… 제 진짜 가족이 아닐지도
모르겠다고 생각했어요.

엄마, 아빠는 어떤 사람이었지?
내게 언니들이 있었나?

모르겠어…
이제와선 모든 게
엉망이 돼버렸어요.

"훌쩍…."

"……."

"잡아라!!!"

"어서 붙잡아!!"

…사실…
잘 모르겠어요.

보이지 않게 된 이후로
가족들의 얼굴이 생각나질 않아요.

"네 가족들이 맞긴 맞냐고?!

뭔가 이상하잖아!
내가 아니라 널 잡으려는 것 같은데?!
너 집에서 나오면 안 되는 거 아냐?
아니면,
뭐 훔쳐서 나왔다거나?"

"저렇게 많은 경호원들…
아무리 봐도 널 가둬놓고
싶었던 것 같은데?!"

"어딜 또
빠져나가는 거야!! 잡아!!!"

"놓치면 안 돼!!"

"애가 도망친다!!"

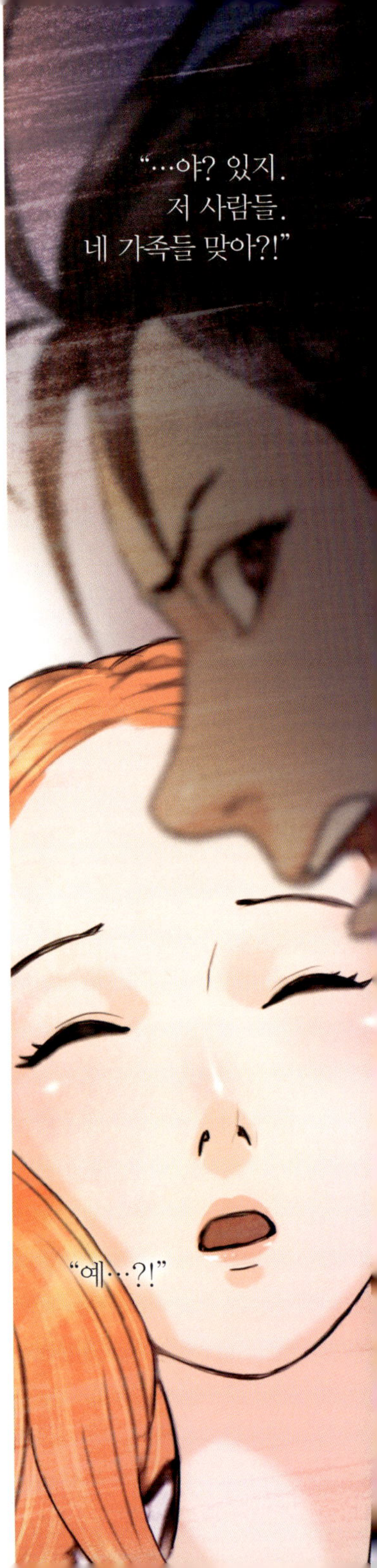

"…야? 있지.
저 사람들.
네 가족들 맞아?!"

"예…?!"

소년은 소녀를 번쩍 들어올리고
달리기 시작했습니다.

"으으윽…!"

"이러다 납치범 소리
듣는 거 아냐?!"

"뭐든 직접 할 수 있다며?!
도망치는 것도 직접 하라고!"

"시, 신발이 없어서…
도와주기로
약속했잖아요!!!"

"…에이씨!
가지가지 한다, 정말."

"저기있다ー!"

"이런 들켰다!
그럼 난 가볼게.
이러다 괜한 오해를
사겠는데ー"

"저, 저도
데려가주세요!"

"잡아!"

왈왈왈왈

"…에이… 제가 쓴 건
그 동화책
딱 한 권뿐인걸요."

"안 보이는데
책을 어떻게 써?"

"엇?! 얘가
없어졌어?!"

"왜 못써요.
남들보다 느리고
불편할 뿐이지
뭐든
할 수 있어요."

"…오…."

"밖으로
나갔나봐?!!
엄마! 애린이
도망쳤어!"

"어제 떨어뜨렸던
그 동화책,
그걸 네가 썼다고?"

"…네에."

"저자 서애린?"

"…네."

"그럼 너 소설가야…?
아, 아니지. 동화작가야?"

TALE
3

빨간 두건과
벽 속의 늑대들

qwe8****	안겼어! 안겼어!
shs8****	어, 너 가택무단침입죄. 너 고소. ㅋㅋ
jhm0****	저… 차… 어떡해… 차 주인 불쌍하다….
hera****	나도 이렇게 가냘픈 여자였으면…. (눈은 보이고. ㅋㅋ)
mwj****	눈 감아도 예뻐서 부럽다. ㅋㅋ
cjst****	여자 가정 사정도 별로 안 좋네. 집은 좋아도….
pret****	나도 '보이지 않는 동화' 읽어보고 싶다. 완전 재밌을 거 같아. ㅋㅋ
lien****	아, 류이수 처음 봤을 때 루이스인 줄 알았어요. ㅋㅋ
soul****	소녀는 눈이 안 보이지만 마음이 활짝~ 열려 있고, 소년은
	눈은 보여도 마음은 닫혀 있네요. 안타까워요.
qodp****	클래식 들으면서 보니 분위기 있네. ㅎㅎ

"흠! 무, 물론!
그보다… 돈 대신 말야
너 어제 떨어뜨렸던 책 있잖아.

그 책 동생이 좋아하던데…."

"그거 나한테
주지 않을래?"

"예…?
혹시 제가 쓴 책
말하시는 거예요?

응?

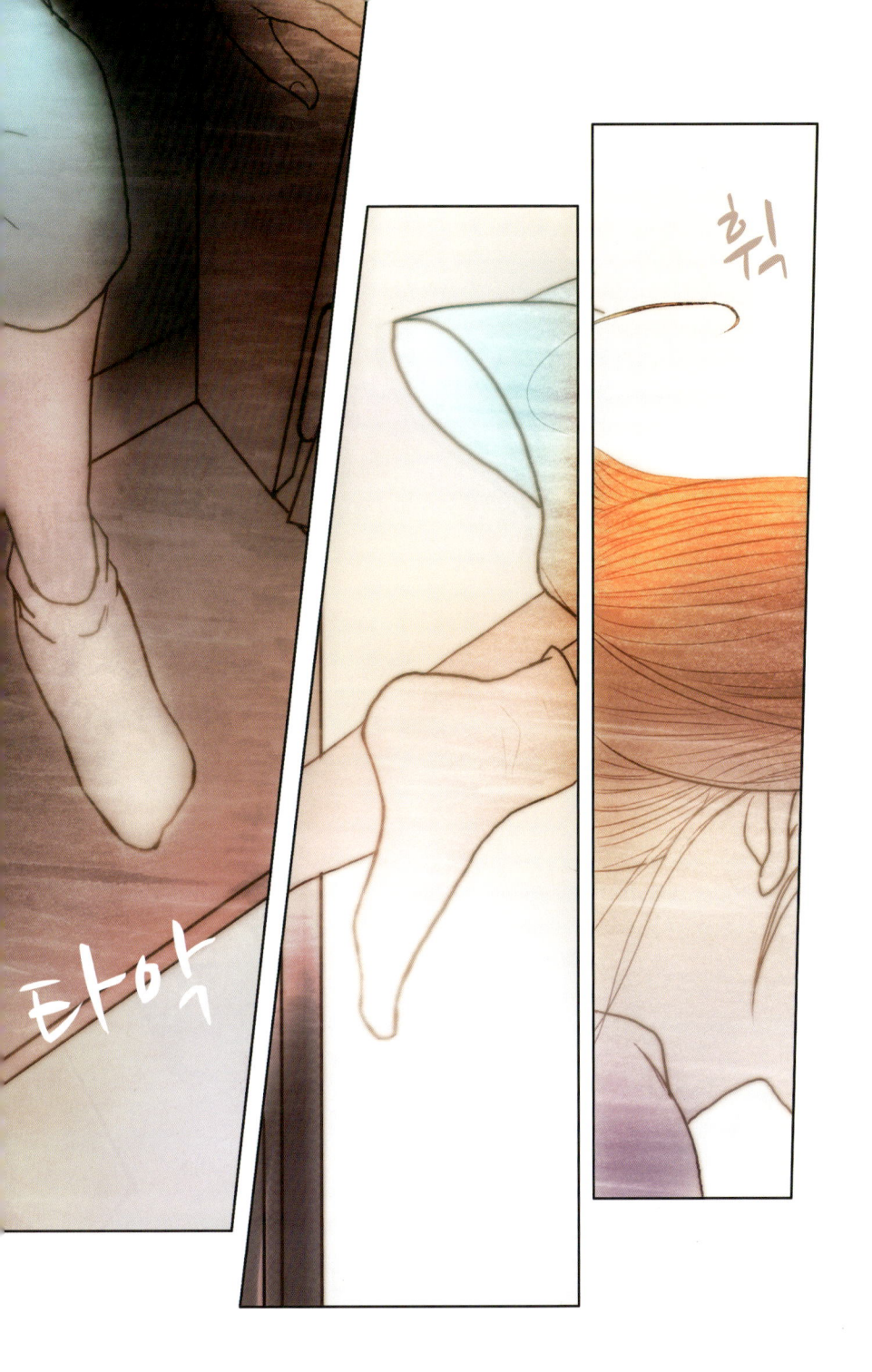

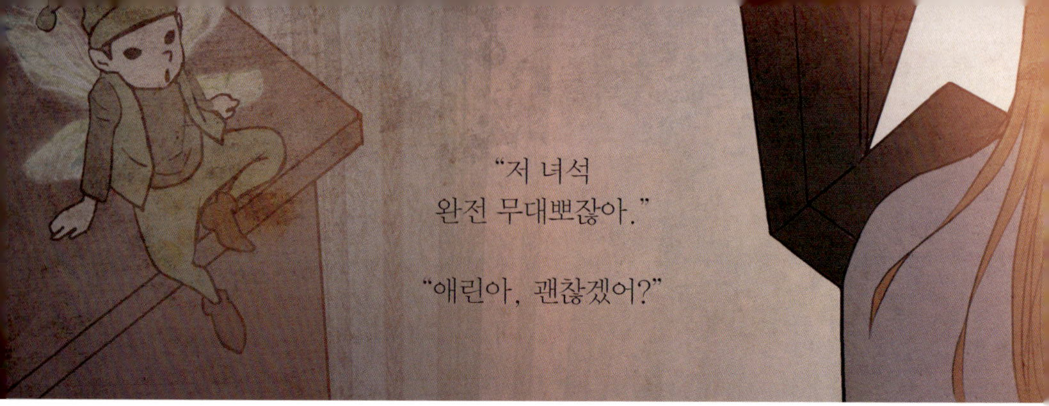

"저 녀석
완전 무대뽀잖아."

"애린아, 괜찮겠어?"

"응…! 괜찮을 거야.
나대신 너희들이
지켜봐주고 있으니까…."

"후우… 그럼."

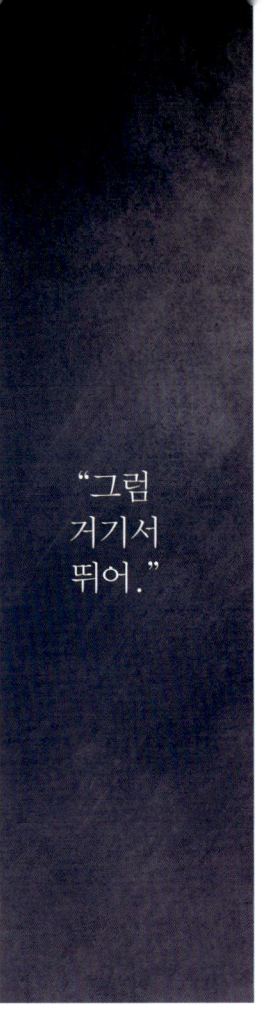

"그럼 거기서 뛰어."

"네엣?!"

"가능한 한 멀리 앞으로. 그럼 내가 받아줄게."

"…그냥 도와줄 테니까.
돈 이야긴 어차피 탐탁지 않았어.
딱히 네 이야기에 설득된 건 아냐…"

"그보다 너 나 믿을 수 있냐?"

"예…?"

"아무것도 안 보이는데도
날 믿을 수 있겠냐고?"

"…예에…."

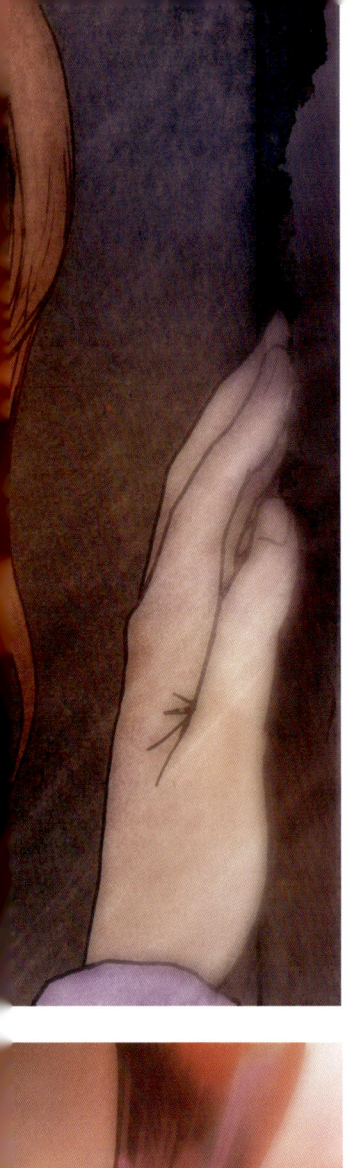

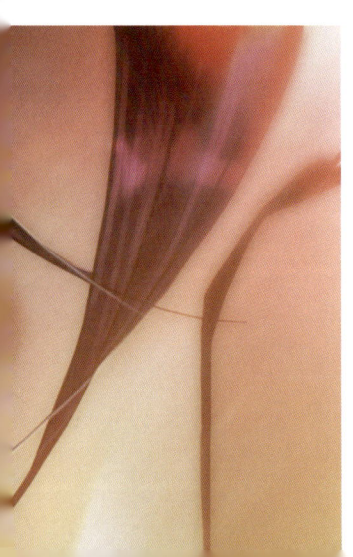

"부탁이에요.
돈이 적으면 뭐라도
더 드릴게요…."

"필요 없어!"

"네?!"

"사고 이후로 모든 게 이상해졌어요.

어긋난 것들이 너무 많은데
전 아무것도 볼 수 없고…

분명 어딘가에 단서가
있을 거예요.

거리에서 뭔가를 찾을 수 있지 않을까
생각했어요."

"비록 보이지는 않지만…."

"후우… 아, 씨댕!
괘, 괜찮아? 깜짝 놀랐잖아!
도대체 왜 그러는데?"

"…도와주세요.
아무도 제가 집 밖으로
나가는 걸 원치 않아요."

"…??!"

"사례라니…?
뭐 도와주면 돈이라도
쥐어 주겠단 기야?"

소년의 머릿속에선
동생의 얼굴이
스쳐 지나갔습니다.

"그럼…
난 가본다."

"도와주시면 뭐라도
사, 사례 할게요!!
…네?!"

"엉?!"

"여기서 빠져나갈 수 있게
좀 도와주세요! 어제 그 거리로
다시 돌아가고 싶어요!"

"…갑자기 무슨 소릴
하는 거야?"

"잘됐다!!
저기 저 좀
도와주세요!"

"응…?!"

"그런데… 그쪽 지금 어디에 있는 거예요?
목소리 높이를 보면 혹시…

담장 위?!"

"…쳇."

"어? 네?!"

"…혹시…

어제 절 도와주셨던
모자장수 아저씨… 맞죠?"

"누구 맘대로 아저씨야?
척보니 너랑 나이 비슷하겠구만! 쳇!"

"…그래요? 죄송해요.
목소리가 걸걸하길래…."

"그거 참 미안하게 됐네!"

'……대답을 해야 하나,
말아야 하나.'

담장 위에 있던 그는
잠시 고민하다
마지못해 대답했습니다.

"…너,
창문에 매달려서
뭐하냐?"

담장 넝쿨 위에 소년이 다다른 곳에는
보이지 않는 소녀가 있었습니다.

"또… 너냐?"

겨우 담의 끝자락에
올랐을 때

소년은 자신도 모르게 넝쿨 담장을
기어오르기 시작했습니다.

돈을 훔치고 싶었던 건지,
아니면 그냥 저 너머에 사는 자들이
궁금했던 것인지는

스스로도 잘 알 수 없었습니다.

"문 좀 열어주세요,
언니들!

어제 산책하다가
잃어버린 물건이
있다니까요!"

쿵
쿵

"얘가 어딜 자꾸 돌아다녀?
괜한 억지 핑계 대지 말고
얌전히 처박혀 있어!"

"우린 낮잠이나 자러 갈게~
키득키득…."

너희들은 어째서
이런 집에서 살게 되었니?

구름보다 더 높은 곳에서
사는 이들은 어떤 사람일까?

한참을 서성이던 그는
어느 넝쿨이 가득한
담장 앞에
멈춰 섰습니다.

…결국엔 역시 돈,
모든 건 돈으로 귀결된다….

소년은 정처 없이 길을 걷다
골리앗과 같은 거대한 저택들 사이에서
서성였습니다.

"하지만 발작의 빈도가 늘었어요.

예후를 지켜보고
더 악화될 조짐이 보이면
수술이 필요하리라 봅니다….

수술비는…."

'수술비…?'

"다행히 이번에도
고비는 넘겼습니다."

"휴….."

소년은 구급차에서 동희의 손을 꼭 잡으며
부디 이번에도 동생이 무사하기만을 기도했습니다.

하지만 그는 어떤 신에게도
의지하진 않았습니다.

그의 기도는 오롯이
동생만을 위한 것이었으니까─

동생이 갑작스레 쓰러진 것이
이번이 처음은 아녔습니다.

하지만 이런 상황은
도무지 익숙해질 수 없는
종류의 경험이었습니다.

"그런 이야기가 아니잖아요!
동희는 제가 알아서
가르칠 테니까 놔두세요."

"이 자식…!"

"그, 그만…."

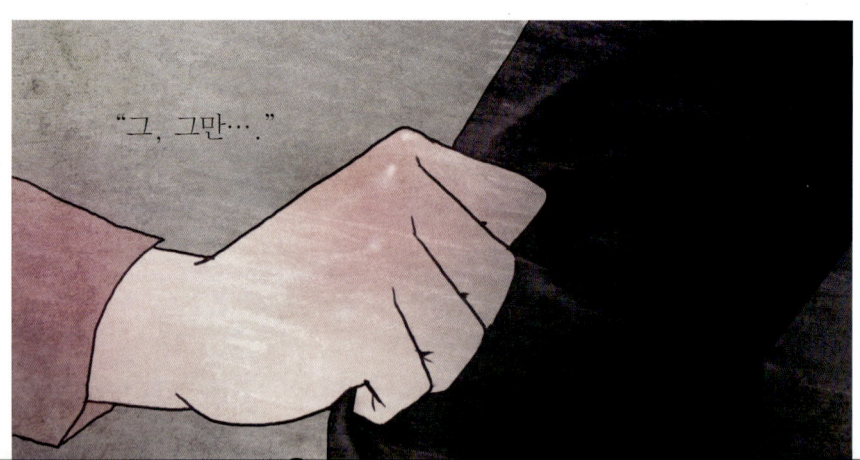

"......"

"오빠!
책 돌려줘~"

…안 돼.

그에겐 어떤 동화도

보이지 않는 허상과 같은

것이었습니다.

소년은 알고 있었습니다.

동화 따윈 현실과 아무런
상관이 없단 것을….

소년의 가족들이

계속된 불행에 절망할 때에도

동화는 아무런 도움이

되지 않았던 것을….

소년은
그 소녀가 떨어뜨렸던 책을
바라보았습니다.

낯선 이름의 동화책.

"씨댕⋯."

소년은
괜한 걸 가져왔단
생각이 들었습니다.

저자 서애린

"어디어디…."

"와, 오빠가
웬일로
동화책을
사왔어?!

"나 이 동화책 쓴 작가님
짱 좋아하는데?"

"오늘 컨디션은 어때?"

"좋아. 완전 쌩쌩해!"

"그러다가 금방 아파졌잖아.
약은 먹었어?"

"응응, 먹었어!"

"오늘은 오빠가
우리 동희
선물 사왔다!"

"어 정말?
뭔데?"

"직접 꺼내봐~"

"후후 그렇게 간단히
헛다리짚는 건
좋지 않을걸~"

"뭘 모르는 소리!"

"컹컹컹!"

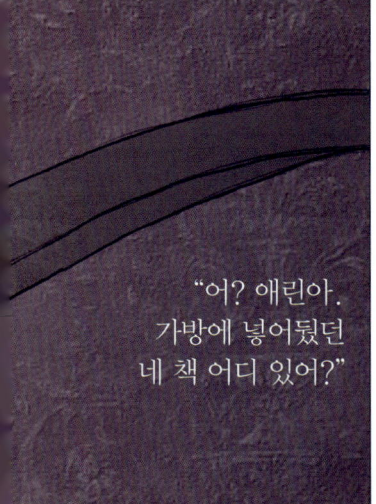

"어? 애린아.
가방에 넣어뒀던
네 책 어디 있어?"

"응?"

"맞아 맞아. 애린아.
요정 핸드폰 액세서리를 샀던 곳도
그 거리였잖아."

"게다가 그 모자장수 녀석~
뭔가 의심스러웠어!"

사고로 아무 것도 보이지 않는 소녀.
사고로 무언가를 잃어버린 소녀.

울적해진 소녀에게 험프티 덤프티가
나타났습니다.

"기운 내시게, 서애린 양.
애린 양에겐 우리들이 있잖나!
분명 그 거리에 잃어버린 것의
힌트가 있을 거야!"

"하지만 그건 그냥
착각이었는지도 몰라…
그냥 포기해버리면
차라리 편해질까…"

너도
내가 미쳤다 생각하니?
내가 이상한 걸까?
난 그저 잃어버린 것을
되찾고 싶을 뿐인데…

그 거리에 뭔가 단서가
있을 거라 생각 했었어….

"후… 오늘도 아무런 단서를 찾지 못했구나."

"꺄르르르!"

"호호호호~"

문틈 너머로 들리는
날카로운 웃음과
경박한 대화들.

길고 긴 계단 끝에
자리 잡은
작고 높은 탑….

소녀의 다락방.

소녀의 세계는
그 곳에 있었습니다.

보이지 않는다고
들리지 않는 건 아닌데.
무감각한 것도 아닌데…

사고 이후로
모든 것이
엉망이 되었어.

서글퍼진 소녀는
조용히 계단을 올라
자신의 방으로 향했습니다.

"안 보이는 주제에 겁도 없어~!"
"킥킥…! 사고로 머리까지 다친 것 아냐?"

"…그렇지 않아요!
언니들!!"

"어머, 얘 좀 봐!
어디서 버릇없게 말대꾸야!"

"……"

"네…
죄송해요."

"애가 말 돌리긴!
잠깐 눈 돌린 사이, 어딜 나갔던 거야?"

"근처 공원에서 토토랑
밤 산책하고 왔어요."

"안 보이는 애가 뭐 하러
자꾸 돌아다녀!
가족들 걱정시키지 말고
집에나 붙어 있어."

끼이이이익

…다녀왔습니다….

TALE 2

라푼젤이 사는 성

vnan****	처… 처음부터 뭉클한 이것은 뭐지!
kho1****	오옷~! 운명적인 만남의 시작인가요?
ioos****	악!!! 저 둘의 로맨스가 기대된다.
irin****	마음으로 대화하는 아이들의 사랑! 엘리스 눈 뜰 듯.
luta****	훼이크다!!! 붕대 때문에 앞이 안 보이는 거다!!!
sooj****	잘생겼다. ㅋㅋ 모자장수 내 스타일임. ^^
zkfm****	모자장수님, 모자는 어찌하고 뛰셨나요….
tjfq****	개 가지고 버스 타요? ㅋㅋ
snow****	어떡해, 주인공보다 개 이름이 먼저 나왔어. ㅋㅋ
grac****	과연 이야기가 어떻게 되어갈지….

소년은 등을 돌려
자신이 살고 있는
세상으로 돌아갔습니다.

하지만 그때 소년은
앞으로 어떤 인연이
기다리고 있을지
아무것도 모르고 있었습니다.

그러고 보니 이름을 못 들었군…

뭐 상관없나? 다신 마주칠 일 없을 테니까.
이 거리는 저런 애에겐 어울리지 않아─

"야 인마, 부딪혀놓고
그냥 가냐. 좀 도와?"

"쳇."

"이거, 네 것 아냐?"

"응?! 그 애가
떨어뜨렸나…."

유리 구두와
밤 12시에 사라진 소녀.

"그 지랄 맞은 개랑
맹한 여자 때문에
나쁜 짓도 못해 먹었네!
…쳇.
고마워해야 하는 건지…."

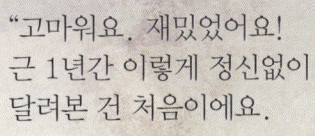

"고마워요. 재밌었어요!
근 1년간 이렇게 정신없이
달려본 건 처음이에요.

이제부턴 토토가 있으니까…
그만 들어가 보세요.

모자 파는 아저씨."

째각째각째각.
소녀는 떠나고,
그렇게 밤 12시가 지나자
마법의 시간은 끝나버렸습니다.

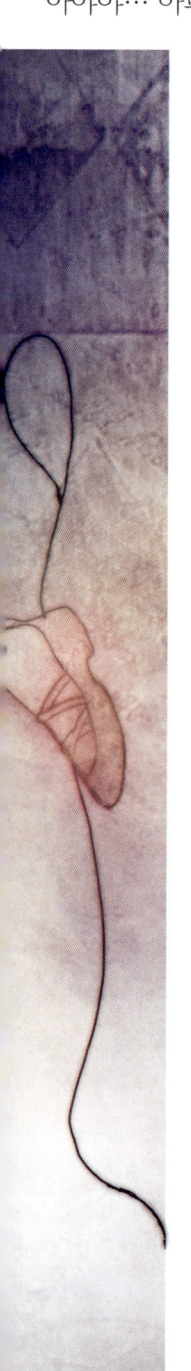

"아야야… 아파–"

"이 자식들!
눈 똑바로 뜨고 다녀!"

"웃기지 마–
장님이 눈 똑바로
뜬다고 뭐가 보이냐?"

"그쪽이야말로
안 보이는 사람 붙잡고
그렇게 빨리 뛰면
어떡해요?"

"징징대지 마– 내 덕분에
버스에 안 늦은 거라고?
봐, 다 왔잖아?"

"전 안 보이거든요?
그리고 도와달라고 한 적
없다고요!"

"뭐가 어째?!"

"왈왈왈–"

'푸훗–!'

시시한 말싸움에 결국 소녀는
웃음을 터뜨렸습니다.

유리 구두…?

쿵

소년과 소녀는
상자를 나르던 사람과
부딪히고 말았습니다.

와르르르,
흘러내리는 상자,
쏟아지는 구두들….

"아야야… 응?!"

타
다
닥

이제 다 왔어-!
여기서 모퉁이만 돌면…!

!!!

소년과 소녀는 좁다란 골목길을 달려갔습니다.

소녀는 아무것도 보지 못하고,
누구의 팔을 잡고 있는지도 모른 채,
전력질주하고 있는 자신의 상황이
어쩐지 우스웠습니다.

"사실 제가 버스정류장 가는
길을 잃었거든요…

아… 이러다가
막차시간 놓치면 안 되는데….."

"가지가지 한다…
몇 번 버스?"

"42번이요."

"그 버스 12시에 끊겨.
얼마 안 남았네?"

"예!?
그럼… 어쩌지?"

흠, 그러니까
너 장님이야?
그런데 왜
이 시간까지
싸돌아다녀?

"죄송해요! 토토 때문에 놀라셨죠?
제가 시각장애인이라서, 안내견과 같이 다니는데
얘가 좀 성격이 급하거든요.

막 여기저기 끌고 다니기도 하고
갑자기 짖어대기도 하고…

어휴, 토토야. 쉿!"

왈 왈 왈

"이상하네?
토토는 나쁜 사람한테만
짖는데…?!"

헐, 뭐야?!
그러지 말라는 건
개한테 말한 거였어??

아~ 지갑
찾았다.

"모자
많이 파슈~
딸꾹!"

갑작스런
소녀의 등장에
소년은 도둑질을
멈추게
되었습니다.

슬금

왈
왈
왈

그러지 마!
토토! 그만!

바로 그 순간이

소년과 소녀가 처음 마주친
순간이었습니다.

두근

소년은 자신도 모르게 손을 뻗었습니다.

두근

이것만 있으면…!

그때 소년의 눈에 비친 것은

술 취해 비틀대는 아저씨의

두툼한 지갑.

"내…가 돈을 어디다 뒀더라…? 딸꾹."

꿀꺽

저 지갑이
내 것이라면…

고작 케이크
한 조각이
아니라,

동생 수술비에
보탤 수 있지
않을까?

"모자 찾으세요!? 이 중절모는 어떠세요!

와-! 어쩐지 예술가 같으신데
이 붉은 베레모도 어울리시겠는데요?"

"…?"

"후… 오늘 장사도 종쳤나.
동생 케이크 한 조각 사다줄 벌이도 안 되냐… 쳇."

"그…거 모자 얼마요?
딸꾹… 모자 하나 골라주쇼."

모자장수 소년에겐
흔치 않은 손님이
나타났습니다!

"야, 인마!
누가 여기서 장사하래?"

"남이사 장사하건 말건,
헛소리 말고 꺼져!"

하지만
아무리 열심히 팔아보아도
손님 없는 가판대.

오히려 시비 붙어 싸우는 게
더 익숙한 모자장수.

그는 어느 날부터 '미친 모자장수'란
별명이 붙어버렸습니다.

소년은 더 이상 동화 따위 읽지 않았습니다.

요정도 피터팬도 로빈후드도…
모두 저 깊은 철문 너머에 가두었습니다.
행복했던 어린 시절과 함께….

그는 오직 돈을 원했습니다.

간사한 화폐만이, 눈부신 황금만이

이 지긋지긋한 가난과 불행에서 구원해 줄
유일한 황금 열쇠라 믿었습니다.

그리하여 그는 학교마저 관두고
길거리로 나온 것이었습니다.

끝도 없는 빚잔치.

아버지의 사업부도.

술주정뱅이가 된
아버지.

결국 겨우 다시 얻은
직장에서마저도
큰 잘못을 저질러 실직.

도대체… 도대체 어디까지
더 불행해져야 하는 걸까?

그러나 불행이란 것은
결코 쉽게 작별하지도,
혼자서 찾아오지도 않는 법.

길고 긴 병환 끝에
어머니는 세상을 떠나고,

귀엽던 여동생마저도
갑작스런 심장병.

"괜찮아… 우린 이 불행을
이겨낼 수 있을 거야…
엄마는 꼭
우리 곁에 돌아오실 거야."

하지만
지독히 시리던
어느 크리스마스이브 날.

산타의 선물대신
커다란 불행이
찾아들었습니다.

어머니의 갑작스런 병환.

소년은
그 소식을 들을 때
한 손에는 동생의 손을,
다른 한 손에는
동화책을 꼭 끌어안고
있었습니다.

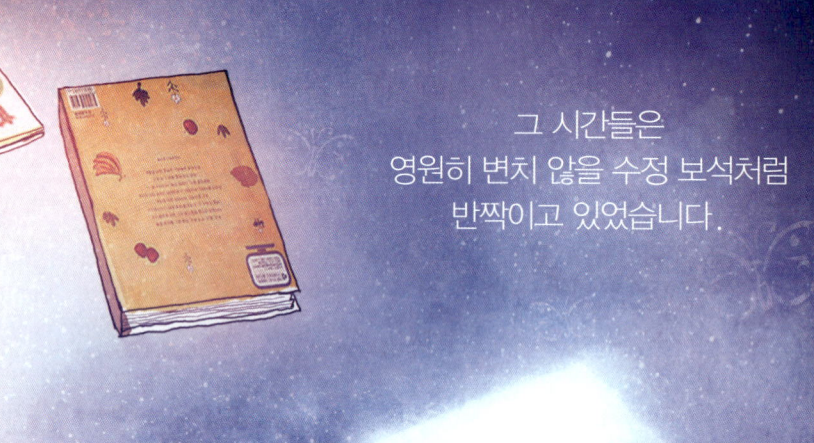

그 시간들은
영원히 변치 않을 수정 보석처럼
반짝이고 있었습니다.

소년은
귀여운 여동생에게 팔베개를 해주며
수많은 동화들을 읽어주었습니다.

온갖 신비로운 요정이야기와
어른이 될 수 없는 피터팬,
정의로운 로빈후드 이야기까지도…!

크리스마스가 다가오면
산타할아버지를 기다리며
조막손을 모아
기도하기도 했지요.

하지만
그런 그에게도 영롱하게 빛나던
시절이 있었습니다.

그것은 십여 년 전–
시간을 돌이켜보면 그때 그 소년은
언제나 동화책을 품고 있었습니다.

"아… 씨댕…
더럽게 안 팔리네."

한 소년이 있었습니다.
그는 화려한 네온사인으로 가득 찬 도시에
드리워진
시커먼 그림자처럼 보였습니다.

“······.”

무관심한 사람들을
바라보며

소년은 한숨을
내뱉었습니다.

"자, 모자사세요. 모자!
정품 메이커 모자를 OEM제품 가격으로
저렴하게 모시고 있습니다!

저기 사모님! 잠깐만 보고가세요!

멋쟁이 신사분! 이 중절모 어떠세요?"

그리하여 그녀는

그녀만의 동화 속 세계에서
살아가기 시작합니다.

Blind Marchen

블라인드 메르헨

한 소녀가 있었습니다.
그 소녀는 어느 날 교통사고로 인해
세상을 볼 수 있는 빛과 소중한 것들을
잃어버렸습니다.

그리고
그 잃어버린 빈자리에
동화 속 세계가 대신하여
채워졌습니다.

이윽고
시간이 흐르자

요정들은 마치
거대한 퍼레이드를 하듯
시끌벅적 늘어났고,

커다란 버섯들과
파란색 장미,
황금빛
바람 같은
온갖 신비한 것들이
그녀의 시야를
가득 채웠습니다.

아무 것도 볼 수 없는
소녀의 눈은
어느 날 무언가를
보.고. 말.았.습.니.다.

그것은…
핸드폰
액세서리와
꼭 빼닮은
요정.

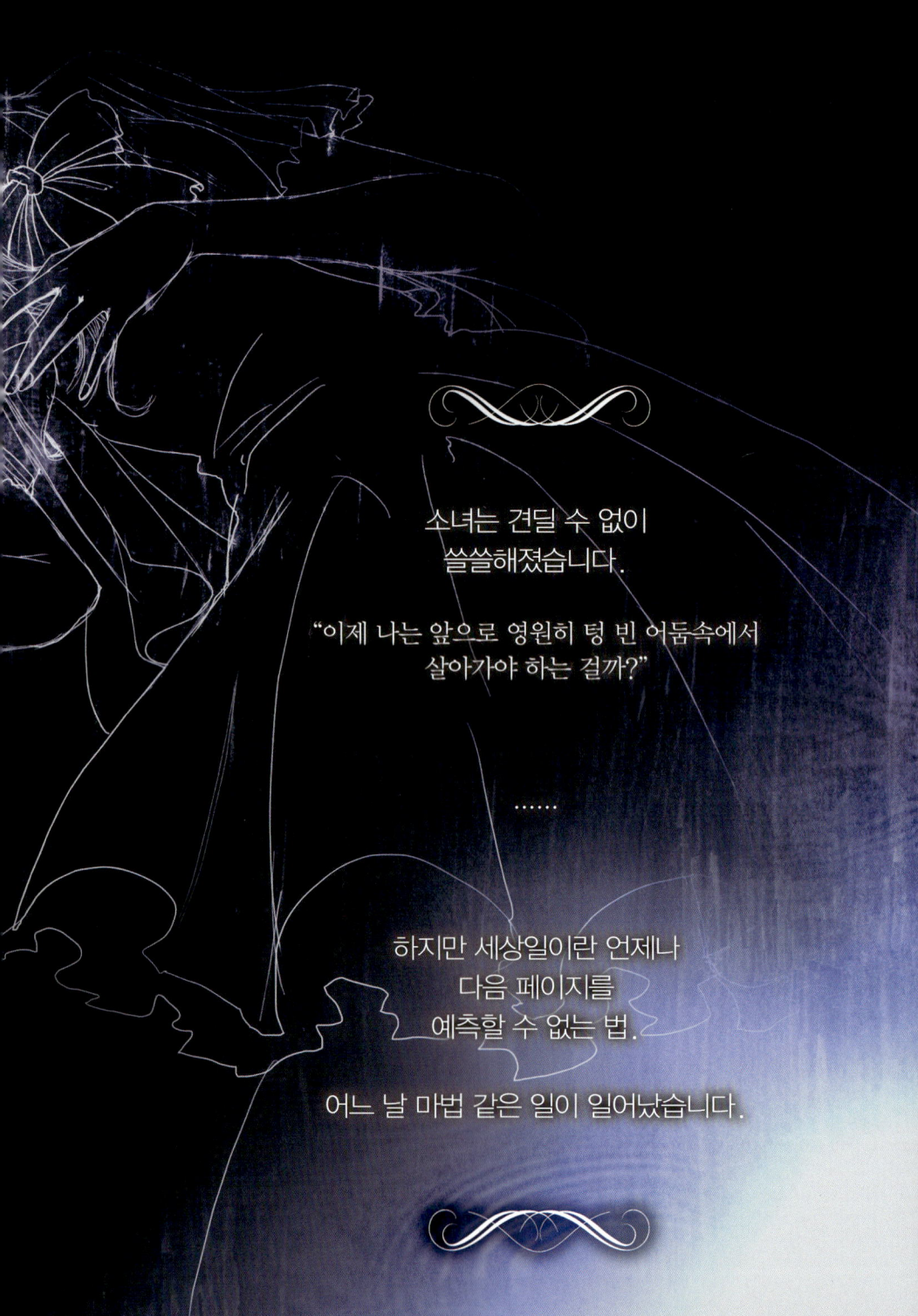

소녀는 견딜 수 없이
쓸쓸해졌습니다.

"이제 나는 앞으로 영원히 텅 빈 어둠속에서
살아가야 하는 걸까?"

......

하지만 세상일이란 언제나
다음 페이지를
예측할 수 없는 법.

어느 날 마법 같은 일이 일어났습니다.

손을 뻗어
휘휘저어보아도
소녀는 그걸
떠올릴 수 있을 뿐.

더 이상 자신의 손마저도
볼 수 없었습니다.

그녀가
마지막으로
보았던 건

바닥에 나동그라진
핸드폰 액세서리.

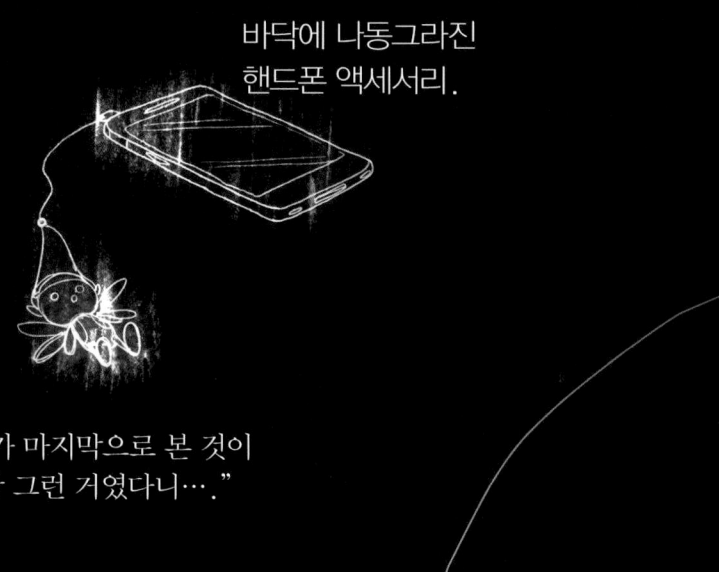

"내가 마지막으로 본 것이
고작 그런 거였다니…."

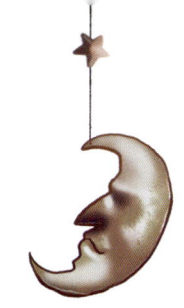

한 소녀가 있었습니다.

그 소녀는
어느 날 교통사고로 인해
세상을 볼 수 있는 빛과 여러 가지 소중한 것들을
모두 잃어버렸습니다.

그것은
소녀에겐 납득할 수 없는 일이었습니다.

여전히
만질 수도 있고 들을 수도 있는데…
향기를 맡거나 바람이 불어오는 걸 느낄 수 있었는데…

소녀의 눈에는
그저 까만 세상만이 보였습니다.

새카맣고 새카만 세상.

"왜…
아무 것도 보이질 않는 거죠?"

그…그건 말이죠…
진정하시고 들어주세요.

…네…? 무슨…?

"야, 류이수! 빨리
동생 있는 병원 안 갈 거야?
네 아버지가 무슨 일을
저지를지 모른다고!!"

"응? 동생이 어디 아픈가? 공교롭군.
내 손 닿는 병원들이 좀 많거든.
어때, 내가 네 동생을
도와줄 수 있을 것 같은데? 후훗."

"뭐?! 이 자식!
너 방금 그게
무슨 소리야?!"

"내 동생 이야길 왜 꺼내는데?!
빽 있다고 협박하는 거야, 지금?!"

"아― 오해는 말지. 난 그저
니 동생의 안부를 염려한 거야."

"빨리 가자고, 류이수!
싸울 시간 없어!"

"…야, 서애린.
이 사람 믿을 만한 사람 맞아?
너… 이제 어쩔 거야?"

모든 일이 끝난 후,
소년은
병원에 도착했습니다.

그곳에는
익숙한 현실이
기다리고 있었습니다.

"입원비가 뭘 그렇게 비싸!
응?! 이 날강도들…! 돈 못 줘.
한 푼도 못 준다고!!!"

"이 사람
다시 못 오게
멀리 내쫓아!!!"

"이수, 너 잘 왔다! 동희 데려와!
병원 필요 없어!
어차피 교통사고 같은 걸로 죽나,
병으로 죽나!
누구나 다 죽게 돼 있어!!"

"......."

"야! 애비 무시해?!
맨날 사고치고 무능해서
무시하는 거야? 엉?
안 멈춰?!"

소년은
술주정뱅이 아버지를
외면한 채, 동생의 병실로
향했습니다.

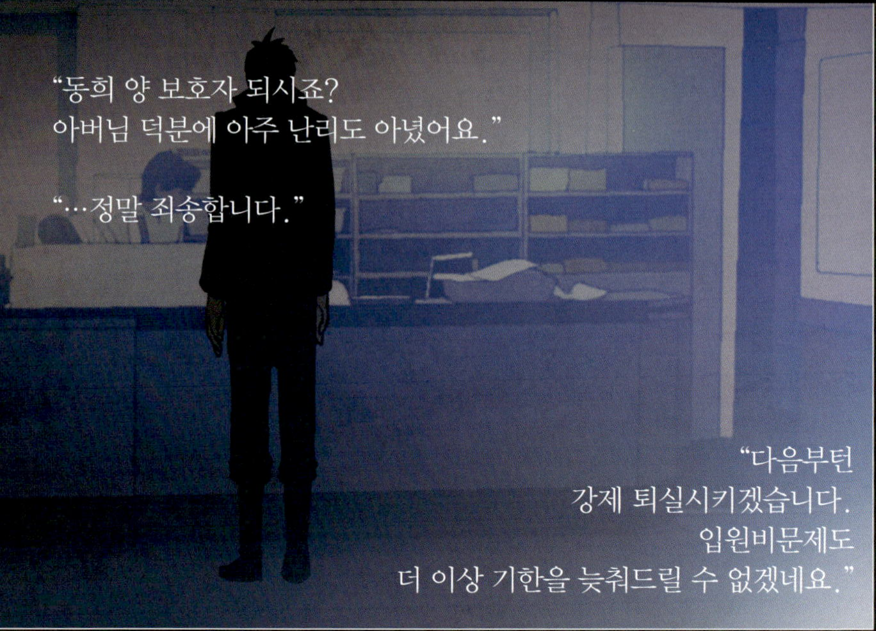

"동희 양 보호자 되시죠?
아버님 덕분에 아주 난리도 아녔어요."

"…정말 죄송합니다."

"다음부턴
강제 퇴실시키겠습니다.
입원비문제도
더 이상 기한을 늦춰드릴 수 없겠네요."

"동희야 많이 놀랐지?"

"훌쩍. 아, 아냐…
오빠 어디 다녀왔어?"

"그냥 여기저기…."

"동희가 어서 건강해져서
퇴원하고 나면…
그 동화책 가져, 선물이야."

"뭐…?! 싫다 했었잖아?"

"…아무래도 상관없어졌어.
나한텐 네가 제일 소중해.
그런 동화 따위…

어차피 동화는
동화일 뿐이니까."

"칫, 뭐야?
오빠는 여전하구나…."

"동희가 그 작가 팬이라고 했지?
나 실제로 봤다?! 같이 이야기도 나눴어.
네가 그 동화 좋아한다니까 기뻐하던걸?"

"우와아! 어디서?
나도 만나보고 싶어!"

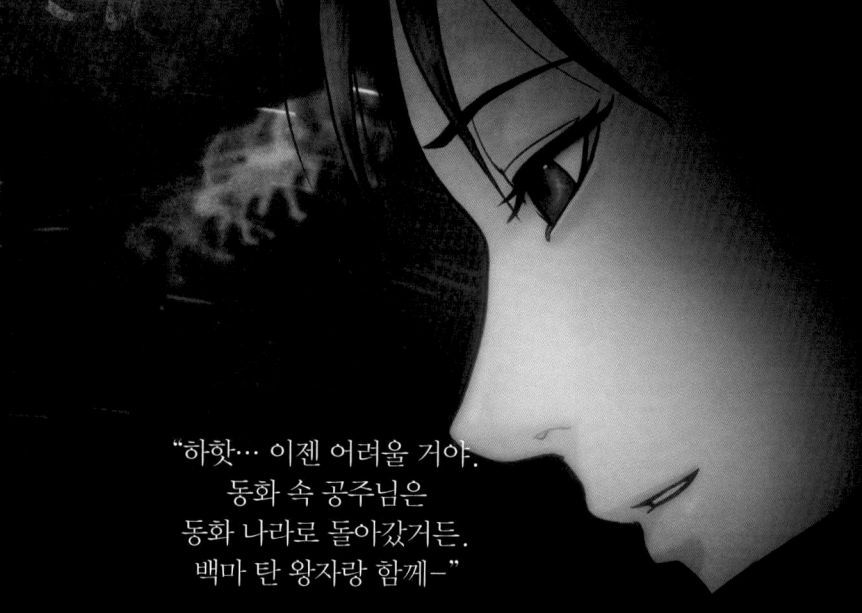

"하핫… 이젠 어려울 거야.
동화 속 공주님은
동화 나라로 돌아갔거든.
백마 탄 왕자랑 함께-"

"……?"

소년은 그렇게
자신의 현실로 돌아왔습니다.
술주정뱅이 아버지, 아픈 동생. 그리고
돈보다 중요한 것이 없는 세상….

'그 재수 없는 자식 말이 맞아.
애초에 내가 그 애를 도와줄 필요는 없었어.
…나 없이도 괜찮을 거야.'

"애린아, 그러니까
당분간 네 집에는
돌아가고 싶지
않단 거지?"

"……."

"알았어. 널 찾은 건
비밀로 해둘게.
너희 할머니
댁으로 가자."

"와ー 옛날 생각나네.
예전에 늘 학교 끝나면
둘이 함께 할머니네 댁에서
해질 때까지 놀았잖아?"

"…응. 그랬지…."

차 안에 앉아 아무 말 없이
소녀는 자신을 도와줬던 그 소년을
생각했습니다.

그의 모습을 모르지만
냉랭하고 차가운 말투와 달리
항상 위기의 순간마다 내밀어줬던 손은
어둠에서도 선명한 것이었습니다.

'…그래, 잘했어. 서애린.
더 이상 그 사람한테
폐를 끼칠 수 없으니까….'

"할머니께서
열쇠만 맡겨놓고
어디 멀리
나가셨나 봐-

와! 이 집은
그래도 변한 게
하나도 없네!
옛날 생각난다-"

"……."

"계속 기운이 없구나.
걱정하지 마.
내가 널 도와줄게…."

"무언가 잃어버린 것을
되찾고 싶다 했지?

미국에서 네 소식 들고 나서
도움이 될 최면요법이나
심리의학 쪽으로도 공부했어.

오늘은 일단 쉬고,
내일 이야기하자."

저벅

벅

뒤적

"…애린이를
찾았습니다.

예, 그럼
내일 병원에서…!"

어둡고 깊은 숲 속.

소년은 빨간 두건을 쓴 소녀를
바라보고 있었습니다.

어디선가 본 적 있는
익숙하고 낯선 소녀.

"할머니 댁에 가야 하는데
어디로 가야하지…?"

"길이 보이지 않아….”

그때 늑대가 나타나
소녀에게 길을 알려주겠다고 하였습니다.

가엾고 딱한 소녀.
늑대의 계략인 줄도 모르고….

결국 소녀는
늑대가 시키는 대로 따라가다
그만 위험에 빠지고 맙니다.

"그리고 갑자기 누구를
부르다가 깼다?

…누구 걱정되는
사람이 있어?"

"걱정되는 사람이 너 말고 어디 있어.
배 안고파? 뭐 사다줄까?"

"으음… 먹고 싶은 건 없고
그 책 좀 가져다주면 안 돼?
할 게 없으니까 심심해."

"뭐…?! 쳇.
알았어."

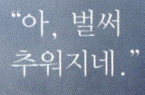

"아, 벌써
추워지네."

"형, 며칠만
돈 좀 빌릴 수 있을까?"

"에이씨! 금방 갚겠다니까?!!"

부웅

"응?!"

"...설마?
잘못 본 거겠지?"

"애린아, 진료기록을 살펴보니
1년 전 교통사고로
다친 시신경이
조금씩 회복되는 걸로 보여.

…하지만 너는 여전히
아무 것도 못 보고 있지."

"아마도 그건
다른 이유가 있는 게
아닐까 생각해.
정신적인 무언가가…"

"지금부터 최면요법을 통해
사고 당시의 기억을
되돌려 볼 거야."

"마음 편히 의자에 누워.
긴장 풀고
지금부터 내 목소리에만
집중하도록 해."

"당신의 눈꺼풀이 무거워진다.

한없이 편안해진다."

"지금 당신은 1년 전,
교통사고 났던 도로에 있다···."

"······."

"···뭔가 보이는 게 있니?"

"…쓰러져 있는 나."

"도로 위에 쓰러져 있는
내가 보여…."

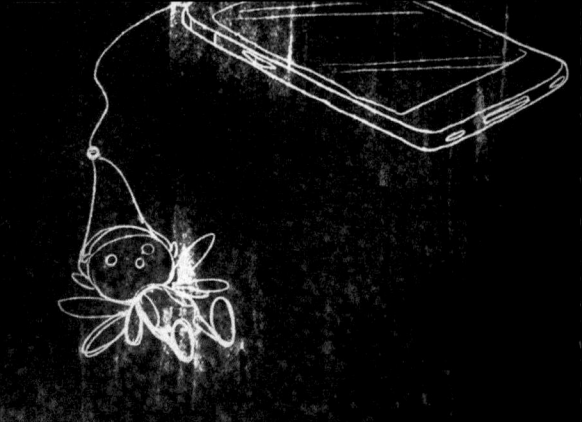

"그리고…
핸드폰 액세서리가 보여.

동화 속 요정….”

"고개를 돌려봐.
뭔가 다른 게 보이는 게 있니?”

"…자동차 타이어…

고무 타는 냄새가 나.”

"…그리고?”

"…그리고…?!"

두근

"…아아!!
머, 머리가 아파!!"

"애린아, 괘, 괜찮아!!!
아무 일도 일어나지 않았어.
무리해서 생각할 필요 없어!"

"…아아앗!!"

"괜찮아…! 자, 다시
내 목소리에 집중해.

너는 안전해. 아무것도
널 해치거나
건드리지 못해!

지, 진정해.
애린아…."

하아
하아

"…휴.

…잠시만
있어봐."

검은 차와 마주친 이후로 집에 가는 길 내내
소년은 어쩐지 마음이 놓이질 않았습니다.

"…따, 딱히 걱정돼서
그러는 건 아니지만…."

"응? 책을 그냥 현관에
던져놓고 나왔었나."

차라락

〈이 이야기는 어느날 갑자기
세상에서 제일 외로워진 소녀에 대한
이야기입니다.〉

"응? 설마?
이 내용은…?!"

소년은 멍하니 책장을
넘기기 시작했습니다.

numt****	뭐임? 완전 기대기대!! 설···마 가족이? 약간 신데렐라 비슷함.
shin****	나이스 샷! 기억해냈다. 자, 악당의 최후를 맛 볼 시간.
heey****	제범아! 니가 누군지는 모르겠지만 잠시 옥상으로 gogo 해줄래?^^
wldu****	아, 짜증. 애린이 건들기만 해봐. 네티즌의 힘으로 가만두지 않아!!
folw****	애린이한테 뭔가 있는 것 같네.
1027****	아, 저 동화책이 자기의 자서전 같은 건가···?
dms9****	겁나 무섭네··· 눈 안 보이는 사람 이야기는 뭔가 공포스러운 게 많은 듯.
smil****	아··· 너무 놀라서 주스 쏟았다···. ㅠㅠ
tozh****	어흑. 둘이 이어졌으면 좋겠다.
dudg****	귀엽긴 한데 뭔가 이 커플··· 불안불안 하다잉···.

TALE
4

한겨울 밤의 꿈

…한 소녀가 있었습니다.

그 소녀는
동화를 읽지 않는 아이였습니다.

왜냐하면 무척 즐거운 하루하루를 보내느라
그 어떤 동화책도 시시했기 때문이었죠.

커다랗고 사랑스런 엄마, 아빠와
포근하고 귀여운 강아지.
……

더할 나위없는 이 행복이
언제까지나
계속될 거라 소녀는 믿었습니다.

그러나 갑작스럽게 찾아든 비극.

되돌릴 수 없는 교통사고.
보이지 않는 눈. 잃어버린 조각들.
차갑게 변해버린 사람들.

소녀는 더 이상
행복하지 않았습니다.

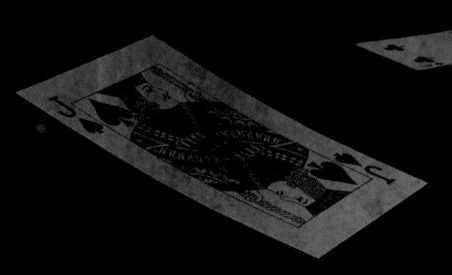

"모르겠어…
내 자신과 가족들의 모습도…
상냥함이나 따스한 체온도.
전부 사라졌어.

아무도 내 말을 들어주지 않아.
난… 볼 수 없으니까."

그리하여
보이지 않는 소녀는
높다란 철창으로 자신을 둘렀습니다.

자신을 믿지 않는 사람들과
보이지 않는 세상.

모든 두려운 것으로부터….

세상에서 제일 외로워진 소녀.

그런 그녀에게 놀라운 방문객이
찾아왔습니다.

그것은 동화 속 요정들.
소녀가 오래 전에 망각했던 존재들.

요정들은 속삭였습니다.

"보이는 것만이 전부가 아니야.
볼 수 없는 너는 더 많은 걸 느낄 수 있어.
두려워하지 마.

손을 내밀어 주면 우리가 잡아줄게.
네가 우리를 믿는다면…

동화를 믿는다면…."

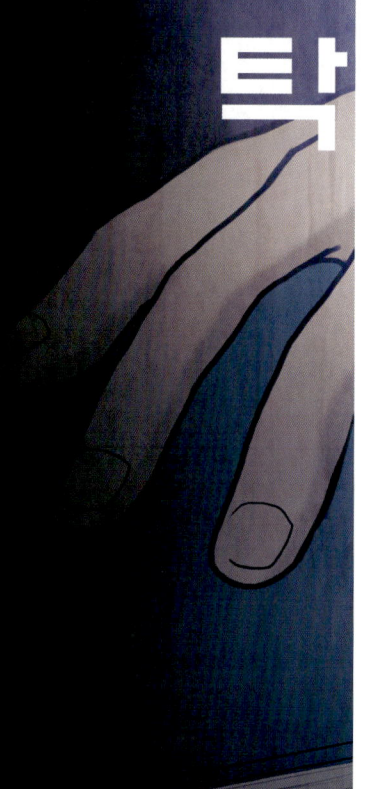

탁

"쳇…
동화 따위…."

"...이게 그 애의
원동력이었을까.

...

별일 없이
지내고 있겠지?"

소년은 동화책을 덮고
서둘러 병원으로 향했습니다.

"애린이 너…!
설마 사고 났을 때
기억 돌아온 거야?"

"지금 내 가족
행세하는 사람들은
진짜 내 가족들이
아니었어!!!"

"그, 그게 아니라
엄마, 아빠의
얼굴이 생각났어!
목소리까지도…!"

"어… 어째서
기억해낸 거지?

……제길!

이렇게
된 이상…"

"도와줘, 오빠…!"

달깍

우르르

저벅

저벅

?!

"애린아! 걱정 많이 했단다!
이래서 네가 돌아다니길 원치 않았어….”

"자, 이제 집에 가자….”

"…이, 이모?!
어떻게 여기에….”

"과연…
알아차렸나…

할 수 없지.

자, 어서
애를 붙잡아!"

"도대체 왜
이러시는 거예요?
…제 부모님들은
어디에 계신 거죠?

제범 오빠,
이게 어떻게 된 거야?"

"ㅋㅋㅋㅋ···!"

꺄악ー!!!

우당탕

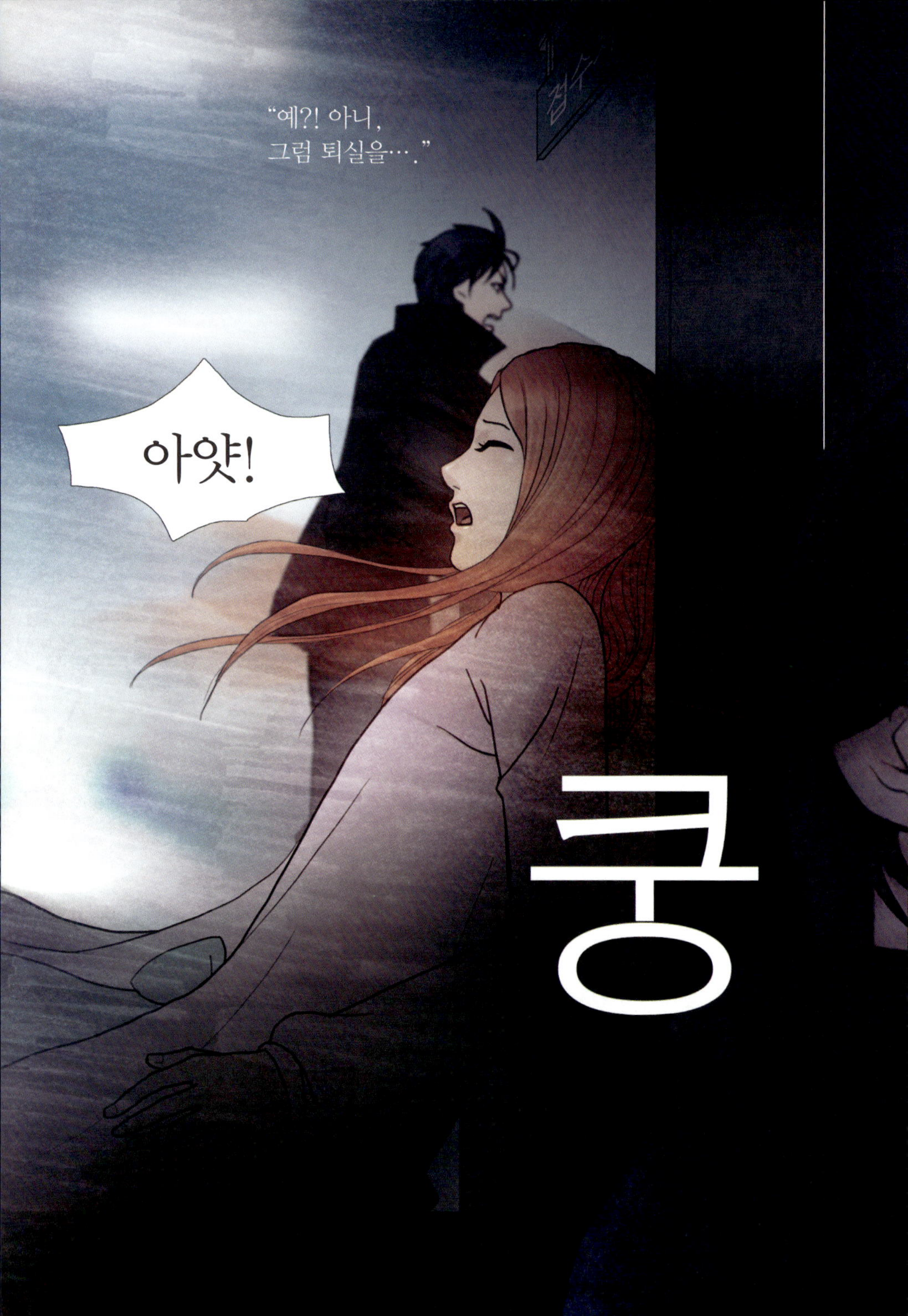
"예?! 아니,
그럼 퇴실을…."
아얏!
쿵

"서애린,
무슨 일이야?!"

"그 왕자병 자식이
널 도와주고 있는 거
아니었어?!"

"공교롭게
또 마주쳤군!"

"…너!
도대체 애한테 뭘
어쩌려는 거야?! 엉!!"

"그럼 뛰어요!"

"어… 어?!"

"자, 잡아라!!"

타
다
다

"…놓쳤습니다!"

"어… 어디 갔지?
어디로 도망친 거야?"

"네가 돈 빌려달라며
불렀잖아!

…

병원 입구에
이상한 사람이
막고 있었어."

"그래…?!
그렇다면…."

P

"자, 그럼 신호하면
가는 거다?"

"이수야,
정말 저기를 뚫고
지나가게?"

"에잇, 나도
모르겠다!!"

"간다아아아아앗!"

소년과 소녀, 어린 동생과 이웃 형은
경호원들을 쓰러뜨리고
병원에서 빠져 나갔습니다.

"그러고 보니
입원비는?!"

"에이 몰라! 나중에 주자.
그딴 녀석이 있는 병원 따위…!"

"그럼 이걸로 맛있는 거 먹을까?
곧 크리스마스잖아?!"

"하하하…!"

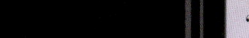

"애린 작가님,
빨리 들어오세요!"

"야. 그만 싸우고
춥다, 들어와!"

"자, 잠시만
기다리세요!"

"그, 그만!
…너 되게
끈질기구나?"

"뭐예요!"

아직 기억을 다 되찾지 못했지만,
소녀는 잃어버린 조각의 일부는
찾은 게 아닐까 생각했습니다.

그 조각들을 다 모았을 따
어떤 퍼즐이 완성될까 궁금해 하면서….

"어차피 보이지도
않는데요, 뭘."

쿵

소녀는 소년의 집에
들어선 순간,

왠지 모를
안도감이
찾아 왔습니다.

그리고…
그때.

"아…!"

"아야!!
머리가 아파."

"괜찮아!?!
무슨 일이야?"

"야!!?

...

서애린!!"

"아, 안 돼!!"

깜짜

?!

"아. 이제
정신이 들어?"

"아… 이수 씨."

"너… 갑자기 쓰러졌었어.
지금은 자정이 넘었고…."

"…그동안 절 속이고
가짜 부모 행세를
했던 건

아까 병원에서
보셨던
이모네 가족들
이었어요."

"뭐야…?!

그럼 너희
부모님은?"

쩌거각

쩌거각

"잘 모르겠어요…!

어떻게 된 건지
생각이 안 나요.

불안하고 두려운데
난 결국 아무 것도
볼 수 없잖아요!"

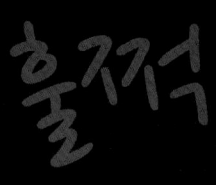

"왜 갑자기
눈물이 나지!
바보같이…

쳐, 쳐다보지 마요!"

"어? 지금
네 얼굴 안 보여…
전등 꺼놨거든.

…나도 너랑 똑같아…."

"……."

아무 것도 보이지 않는
적막 속
어디선가 크리스마스 캐럴이
들려왔습니다.

고요한 밤

거룩한 밤

어둠에 묻힌 밤

"......"

창 밖 너머, 아이들이
부르는 캐럴이 은은하게
울려 퍼졌습니다.

"…서애린,

이 쪽 볼래?"

"예?"

"……."

탁

"촛불?!"

"따스한 기운이
느껴져?"

"…네."

"봐.
보지 않아도
알 수 있잖아."

"……."

"이거 동생주려고
샀던 케이크인데
초를 잔뜩 꽂았어.

…아주우 크고 화려한
치즈 케이크라고!

…곧 크리스마스잖아."

"기운 내라고.

자꾸 울면 산타가
선물 안 준다!"

"풋,
그게 뭐예요."

커다란 트리
꼭대기엔
아주 환한
별이 떠있고

방안을 가로지르는
꼬마 기차와 선물더미.

작은 천사들이
소중한 탄생을
축복하는 밤….

사실 소년의 집은
곰팡이가 핀 누추하고
작은 반지하 집이었지만

그런 건 아무래도
상관없었습니다.

소년의 이야기를
듣던 소녀는

어느덧 그녀가
상상할 수 있는,
가장 성대한
크리스마스를

떠올리고
있었으니까요.

그들은 오랫동안 이야길 나눴습니다.

창 밖에는 손닿으면 사라질 듯한
얇은 눈이 내리고 있었고,

이대로 시계의 초침은
멈춘 것만
같았습니다.

그것은
이를테면
한겨울 밤의
꿈 같은
시간이었습니다.

"저… 이수 씨는
부모님 안 계세요?"

"…아버지가 있어.

어머니 돌아가시고
회사 도산하고 나서부턴
술주정뱅이가 돼버렸어.

한땐 트럭 기사라도 했었는데
아니나 다를까
금방 관두더라고…

술독에 빠져 지금 어디서
뭘 하고 있는 건지….."

"…아버지를
너무 미워하지 마세요.

…그림자 같은 거잖아요?
때려야 뗄 수 없고
뒤돌아보면
거기에 있을 것 같고…."

"……."

"…잠깐 가만히
있어 봐요."

스윽

"…응?"

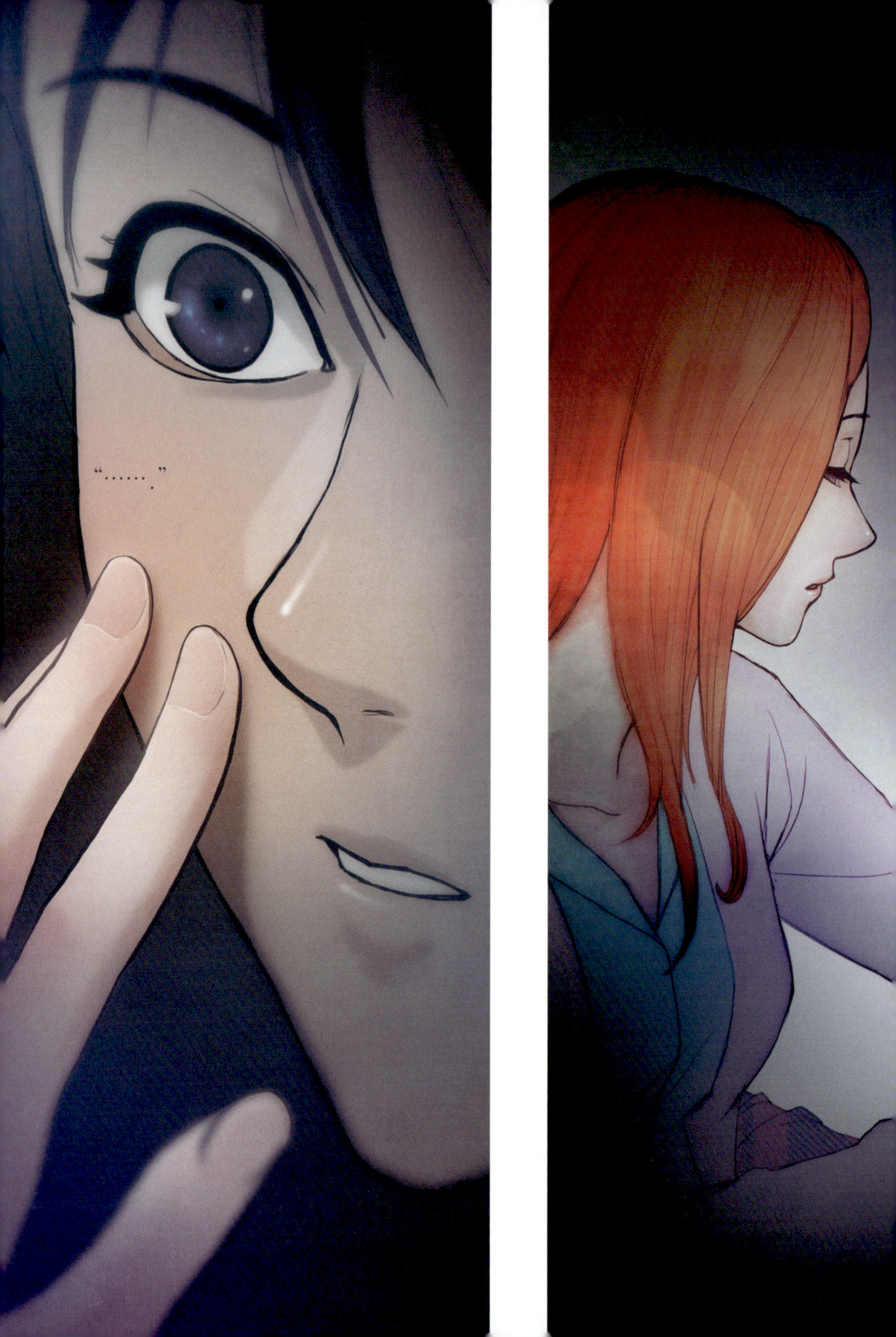

"음… 수염이 없는 걸 보니
산타 할아버지는 아니네요."

"…뭐?!"

"후후훗."

arit****	드디어 러브라인 시작이네요!ㅋㅋ
jini****	둘이 티격태격하는 게 보기 좋아요.ㅎㅎ
q030****	훈훈하다.^^
yese****	둘이 커플 되면 진짜 귀여울 것 같네요.
2925****	이제 동생 따윈 팽개치고…!! 아니, 뒤로 미루고 애린이를 도와주게 젊은 양반!
dbdu****	생각해보니 애린이는 앞이 안 보이는데도 멋진 남자를 만나는구나. 부럽다.
z_zd****	난 왜 남자 복이 없는 걸까….
rin3****	아, 솔로들의 위험을 아직 모르고 있나 보군.
cece****	이수 아버지… 저랑 한 잔 더 하실까요?
map7****	뭔가 안 좋은 예감이…!

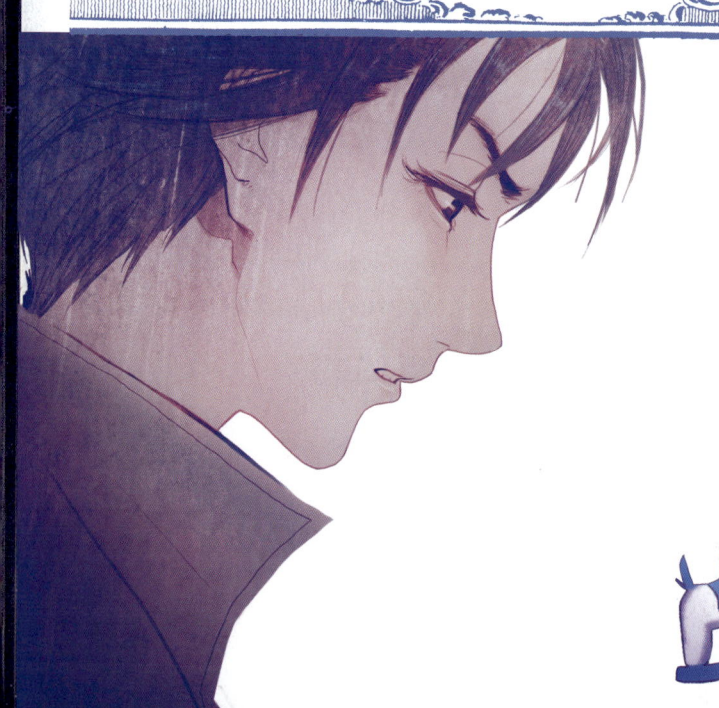

2권에서 계속